EUGÈNE MANUEL

(1823-1902)

NOTICE PAR M. Henri CHANTAVOINE

(Extrait de l'Annuaire de l'Association amicale des Anciens élèves de l'École normale supérieure pour 1902)

EUGÈNE MANUEL

(1823-1902)

NOTICE PAR M. Henri CHANTAVOINE

EUGÈNE MANUEL

Promotion de 1843. — MANUEL (Eugène), né à Paris le 13 juillet 1823, décédé à Paris le 1er juin 1901.

Quelles que soient nos origines, notre race, nos opinions et nos croyances, nous ne formons tous ici qu'une famille qui aime à retrouver ses traits essentiels et distinctifs en chacun de nous. Professeur, inspecteur général et poète, Eugène Manuel est un de ceux qui ont le plus honoré, le mieux servi l'École Normale qu'il appelait toujours « notre chère École », et l'Université de France à laquelle il a si longtemps appartenu.

I.

Il était né le 13 juillet 1823, au Marais, dans la rue des Vieilles-Haudriettes. On nous permettra d'insister un peu sur son enfance et sur sa jeunesse. C'est dans les premières années que s'ébauche, que se révèle déjà le caractère de l'enfant qui sera un homme. Eugène Manuel, avec la piété religieuse et reconnaissante du souvenir, se proposait, quand la mort l'a interrompu, d'en rédiger l'humble histoire, comme pour embrasser sa vie d'un dernier coup d'œil, et il en a consigné quelques impressions dans des notes manuscrites ou dictées que nous avons eues sous les yeux.

Son père s'appelait Moïse-Charles Manuel et sa mère, Marianne-Amélie Lovy. Son grand-père paternel, Abraham, était un très modeste citoyen israélite de Versailles, dont le certificat de civisme, daté de 1792, attestait le dévouement à la France et à la Révolution. Son père, Moïse-Charles, médecin de quartier dans un quartier pauvre, avait surtout des pauvres dans sa clientèle : c'est une clientèle qui n'enrichit pas, mais qui apprend à connaître et à plaindre la misère en la soulageant. A ce foyer compatissant s'éveilla sans doute de bonne heure envers ceux qui souffrent, les petits, les déshérités, les malheureux, la pitié vraie du poète des *Poèmes populaires* et des *Ouvriers*.

Eugène Manuel apprit à lire sur les genoux d'une excellente femme, Mme Cahen, la femme du traducteur de la *Bible*, qui tenait un petit externat dans la rue des Marais, au Temple. « Il me semble, écrivait-il plus tard (*Souvenirs intimes, Un Coin du passé*), que je suis encore assis, tout petit et tout timide, en blouse, avec un bonnet grec à la mode de 1828, sur un tabouret très bas, aux pieds de cette bonne et patiente institutrice, dont je revois la haute taille, les traits accentués, le visage souriant ou sévère, le doigt indicateur suivant les lignes du livre, un recueil de *Récits enfantins*, que j'ai longtemps conservé, que j'ai peut-être encore! Puis nous lisions le *Rituel* des prières, avec la traduction d'Anspach en regard. » Il se souvenait surtout des heures de récréation et de ses premières joies, de ses premiers rêves, au bon soleil, « dans une longue allée ou impasse qui aboutissait à la rue des Marais-Saint-Martin, entre des chantiers de bois et des terrains maraîchers ». Son grand-père maternel, Israël Lovy, ministre officiant du culte israélite, était « un mélodieux compositeur de musique sacrée et un hébraïsant de premier ordre, avec une nature de poète ». Ainsi la famille, la piété, la lecture, sous des yeux indulgents et doux, dans des *Récits enfantins*, la religion, la musique et la poésie : voilà le premier bruit, la première fraîcheur dans une âme d'enfant de cette « source » déjà pure, encore petite, mais que la vie élargira, sans la troubler.

Elève de l'école maternelle de la rue des Blancs-Manteaux, tenue par M. Cahen lui-même ; puis un moment installé avec ses parents près de Brunoy, où il vécut sur l'herbe et sous les arbres, en paysan ; puis, de retour à Paris, chez sa grand'mère, il entrait, comme externe, à la pension Sarrazin, rue Boucherat. Il composait, à l'âge de onze ans, un roman d'aventures sur ...Charles-Quint. Entre douze et quatorze ans, avec son camarade Théodore Nicol, il construisait un théâtre de carton où des marionnettes de bois jouaient des proverbes, des féeries et même des drames. On songea un moment à faire de lui un architecte et il resta six mois en apprentissage, mais ses parents le reprirent et il continua des études pour lesquelles il avait plus de vocation. Il entra en quatrième au lycée Charlemagne, devint, en troisième, élève de l'institution Jauffret, et alors, dit-il, « je me mis sérieusement au travail pour combler les grandes lacunes de mes premières années d'études classiques ». A Charlemagne, il fit une première rhétorique avec MM. Regnier et Pottier, sa philosophie avec MM. Franck et Barni, redoubla sa rhétorique avec MM. Berger et Caboche, et entra en 1843 à l'École Normale.

II.

L'École Normale était en ce temps-là rue Saint-Jacques, dans une vieille annexe, assez délabrée, du lycée Louis-le-Grand. Eugène Manuel devait y avoir pour camarades — nous citons ici les noms mêmes qu'il a cités dans une de ses nombreuses brochures — : notre cher président M. Gaston Boissier, qui ne me pardonnerait pas de lui dire, en face, du bien de lui; Antoine Grenier, un prix d'honneur, qui devait porter et fatiguer sa plume dans le journalisme politique; Hatzfeld, l'auteur du *Dictionnaire;* Ribert, préfet de la troisième République; le philosophe Magy; Lanzi, « qu'une destinée bien extraordinaire fit, sous Napoléon III, secrétaire intime de son compatriote le préfet de police Piétri », ce qui permit un jour à Eugène Manuel de retrouver un paquet de copies, oublié en fiacre; Tivier, Duménil, Clavel, Duchesne, doyens ou professeurs de Facultés, d'autres encore dont on reverra les noms sur notre Annuaire, et, dans la section des sciences, le grand Pasteur. Eugène Manuel se sentait du goût pour la philosophie et pensait à se diriger de ce côté. Son maître, Jules Simon, l'en dissuada et lui conseilla de choisir plutôt la littérature.

Ici se place un épisode assez curieux du séjour d'Eugène Manuel à l'École Normale et qu'il a lui-même raconté, cinquante ans après, dans la *Vie contemporaine.* Le 1er janvier 1846, accompagné de son camarade Tremblay, il alla, au nom de l'École, rendre visite à Châteaubriand. C'était une coutume de nos anciens d'aller chaque année, le 1er janvier, déposer la carte de l'École chez quelques illustres qui accueillaient très volontiers les hommages et les souhaits de cette jeunesse. On se partageait les visites en tirant au sort : Châteaubriand échut à Eugène Manuel et à son ami. Celui que les journaux appelaient tour à tour « le vieux sachem » ou « le chantre divin d'Atala » et son valet de chambre « M. le Vicomte », habitait alors au n° 112, devenu le n° 120, de la rue du Bac. Après avoir traversé un grand salon de style empire où ils remarquèrent dans une boîte à ouvrage des pelotons de laine et une tapisserie commencée, les deux compagnons furent admis en présence du grand homme. « Ils n'avaient jamais vu de si près ce qu'on appelle la gloire... »

Châteaubriand était vieux, très vieux, et comme honteux de l'être. « Il leur fallut un effort pour retrouver dans ces rares cheveux blancs, sous ce front dénudé, vaste et allongé, mais étroit, tout en hauteur, profondément ridé, dans cette bouche contractée par un sourire énigmatique, dans ce corps grêle et affaissé, soutenu par des jambes trop faibles », l'homme que Joubert, Fontanes, Mme de Beaumont et quelques autres femmes charmantes avaient nommé, autrefois, l'Enchanteur. La pièce où il les reçut lui servait à la fois de cabinet de travail et de chambre à coucher : le décor en était resté présent aux yeux d'Eugène Manuel. « Au fond, un petit lit étroit, un lit de fer, garni de rideaux blancs... Sous les rideaux, un crucifix, surmonté d'un rameau de buis... En face de la cheminée, un tableau de sainteté... Au milieu de la chambre, une grande et massive table, encombrée et en désordre. » Les deux normaliens, un peu timides, un peu saisis, exprimèrent au grand vieillard leur admiration, personnelle et collective. Il leur répondit : « Je ne mérite pas tout cela... J'ai usé l'attention. Je suis d'un autre siècle. Me lit-on et combien de temps me lira-t-on ? » Sur la cheminée il y avait une ébauche de la *Velléda* de Maindron, celle qui fut longtemps au Luxembourg et qui est maintenant au Carrousel. « Elle est belle cette Velléda, leur dit-il, très belle, mais je ne l'avais pas rêvée ainsi. Celle-ci est trop calme. Du reste, je ne suis point artiste. » Puis, il se mit à parler longuement, et les deux normaliens écoutèrent. Il passa de Velléda au duc de Fitz-James dont il avait aussi une statuette, de Fitz-James à Napoléon, à l'Empire, à la Révolution, à l'Angleterre, à l'Amérique — et à lui-même. Il tombait de la neige : cette neige lui rappela celles du Nouveau-Monde. « Sous quels climats différents n'ai-je pas fini et commencé l'année ! » Il dit encore : « Je suis las d'écrire et qui sait si je n'ai pas beaucoup trop écrit ? » Il demanda aux deux jeunes gens : « Lisez-vous les journaux dans votre École ? » et un peu de la flamme d'autrefois passa de nouveau dans ses grands yeux bleus. « Très peu, lui répondit Eugène Manuel », et c'était vrai. « Rien n'est possible sans eux, dit Chateaubriand. Si j'avais à recommencer ma vie, je ne serais que journaliste. » Puis, montrant sur sa table un journal grand ouvert : « Voilà ce que je lis. On s'égaie comme on peut. » C'était le *Charivari*.

Cette même année 1846, Eugène Manuel sortit de l'École Normale et alla professer en province.

III.

Il aimait son métier, notre métier, — un des plus beaux qui soient, nous pouvons bien le dire entre nous — et il en avait pris, dès son noviciat de l'École Normale, la plus haute idée. Royer-Collard, qui faisait quelquefois des vers, comme Malebranche, disait un jour, paraît-il, à l'Académie :

> Monsieur Cousin, Monsieur Patin,
> Sont deux qui savent du latin ;

et, comme il n'en savait plus beaucoup, il demandait surtout à l'Université de former de bons humanistes. D'une génération à l'autre, on demande presque toujours à l'Université, depuis qu'on la réorganise, de faire, pour entrer dans des voies nouvelles, le contraire de ce qu'elle a fait jusque-là. Ancien élève de l'École Normale, jeune agrégé des classes supérieures, Eugène Manuel ne voulut pas se contenter pour être un bon humaniste de savoir du latin et même du français — son édition classique des *Morceaux choisis* de J.-B. Rousseau le prouvait déjà — plus qu'on n'en savait ordinairement autour de lui. L'enseignement était sa véritable vocation. Il le considérait à la fois comme une tâche professionnelle, comme une besogne d'humaniste et de lettré où il mettait toute son intelligence, et comme une tâche sociale et civique, comme une œuvre d'ami et d'éducateur de la jeunesse, où il mettait tout son cœur. On n'a qu'à relire pour s'en convaincre les articles de pédagogie qu'il donna au *Conseiller de l'Enseignement public*, édité par la maison Dezobry. (Voir les numéros des 15 mars, avril, mai, juin 1853; janvier, février, avril, mai, juin, novembre 1854; février 1855.) Puisque nous n'avons pas pu le voir et le suivre dans sa classe, c'est là, dans le plus vrai des documents, dans la plus franche des révélations, que nous allons le retrouver. Il n'est pas douteux que son enseignement n'ait été la mise en œuvre de ses principes et de ses idées.

Voici quelques-uns des titres de ces onze articles très intéressants où la compétence professionnelle la plus sûre s'allie au goût littéraire le plus délicat et à l'observation morale la plus pénétrante : Pédagogie de la discipline dans les écoles; le principe d'autorité, d'autorité sans faiblesse et sans tyrannie; — les parents et de leur influence; — Le premier maître; — Petite psychologie à l'usage des maîtres; — Obéissance et devoir. — Code pénal : les pensums, les récompenses. — Conclusion : Que le maître est un médecin. Et, pour préciser les choses, sans multiplier ni allonger les citations, voici encore, après les titres, le résumé, que nous empruntons à Eugène Manuel lui-même, de ses réflexions. « Nous avons successivement étudié les principes mêmes sur lesquels repose la discipline, dans le sens le plus étendu de ce mot, et ce qu'il faut entendre par l'autorité, lorsqu'il s'agit de la direction de la jeunesse. Nous avons pris l'enfant au premier âge, et dans le sein de la famille, nous avons considéré l'influence des parents, celle du premier maître, et l'action des circonstances extérieures. Nous avons essayé de pénétrer dans le cœur et dans l'esprit des enfants et de nous rendre compte des mouvements variés qui s'y opèrent. Enfin, nous attachant plus particulièrement au rôle du maître dans l'enseignement secondaire, nous avons passé une sorte de revue des moyens différents dont il dispose, non pour instruire les âmes, mais pour les moraliser, les améliorer, les élever sans cesse, à quelque degré de l'échelle morale qu'il les trouve. »

On comprend qu'un maître ainsi préparé, qui, dès ses premières années d'apprentissage et d'exercice, avait réfléchi si gravement sur l'art d'enseigner, ait laissé, partout où il passa, dans les esprits, dans les caractères et dans les âmes, de bonnes semences. Professeur de seconde et de rhétorique à Dijon, à Grenoble et à Tours, rappelé à Paris en 1849, Eugène Manuel passa par les lycées Saint-Louis et Charlemagne avant d'être attaché au lycée Bonaparte où il demeura plusieurs années. Professeur de rhétorique au collège Rollin, puis au lycée Henri IV pendant la guerre et le siège, il occupait encore ce dernier poste quand Jules Simon dont il avait été l'élève et dont il était devenu l'ami, le prit en 1871 pour chef de son cabinet au ministère de l'Instruction publique et, en 1872, le nomma directeur du secrétariat. C'est à l'Opéra qu'Eugène Manuel apprit sa nomination de chef de cabinet : elle le surprit, l'inquiéta et il en reçut la nouvelle sans plaisir. Le témoin le plus fidèle et le plus tendre de toute sa vie, celle qui nous a renseigné sur lui, malgré son deuil, avec une tristesse obligeante, dont nous nous faisons un devoir de la remercier, nous a dit que le premier mouvement de son mari, brusquement arraché à sa classe, à ses livres et à ses projets, avait été de refuser cette précieuse mais lourde collaboration. Jules Simon insista, fit appel à son amitié, à son expérience, à son dévouement. Eugène Manuel se résigna ; il alla s'installer rue de Grenelle à côté du troisième ou quatrième successeur de Victor Duruy.

On se proposait déjà, à cette époque, de réformer l'Université une fois de plus, en rendant peut-être (si l'on nous permet de parler ainsi) notre régime d'études et notre enseignement classique trop responsables de désastres que les vers latins, le thème grec et d'autres exercices scolaires, plus traditionnels ou, à la rigueur, plus surannés que malfaisants, n'avaient pas causés. Ce n'est pas le lieu d'exposer ni surtout de discuter ici, dans une nécrologie, ces réformes successives et quelquefois contradictoires sur lesquelles on peut ne pas être en accord complet avec le Ministre d'Eugène Manuel et avec lui-même. Il y prit une part importante et remarquée. Il était du reste tout disposé à souffrir la contradiction, à prévenir les excès, qui se produisent toujours en pareil cas dans le premier feu, à les amortir, quand il ne pouvait pas les empêcher, et à conseiller des tempéraments. Il aimait trop nos études classiques, il leur devait trop, pour se prêter, sans révolte, ou même pour consentir, sans regret, à les frapper de suspicion et de déchéance ; il savait que l'éducation la plus généreuse, la plus forte et, en somme, à y bien regarder, la plus pratique, est toujours celle qui nourrit les intelligences et les caractères des meilleurs sucs de l'humanité. Sans sacrifier et sans rabaisser les lettres anciennes, il fut de ceux qui firent rendre aux exercices français leur véritable place, la première, dans notre enseignement ; il recommanda l'étude judicieuse, non pas diffuse et oratoire, mais précisée et vivifiée par des textes choisis, de notre littérature nationale ; il contribua aussi à faire introduire dans les lycées une discipline nouvelle, plus humaine, qui, sans rien abdiquer des principes et des droits nécessaires de l'autorité, aimait mieux la règle que la férule, les avertissements que les pensums et s'ingéniait à corriger par la persuasion ceux que la contrainte brutale exaspère et rebute encore plus qu'elle ne les dompte. Il compta, en un mot, parmi les réformateurs prudents et sages, dont le zèle n'est jamais ni une flatterie, ni une maladresse, ni une lâcheté.

Quand son ami Jules Simon quitta le ministère, Eugène Manuel le suivit dans sa retraite. Inspecteur de l'Académie de Paris en 1873, inspecteur général trois ans après, en 1876, dans ces deux postes nouveaux, et plus tard dans les comités du Conseil supérieur, il rendit à l'Université de grands services.

Pendant plus de vingt ans d'inspection générale, il porta dans sa tâche des scrupules infinis dont il était la première victime, une bonté secrète et refoulée qu'il se cachait à lui-même pour la dissimuler aux autres. Ce n'était pas pour mieux garder son rang et conserver ou élargir les distances; c'était, sans aucun doute, par excès de délicatesse et de précaution. Toujours timide, il faisait peur aux autres, pour se rassurer. Méfiant de ses propres lumières, inquiet de sa responsabilité, il devenait minutieux, méticuleux, tant il craignait de ne pas être attentif, renfermé, pour ne pas s'ouvrir indiscrètement, bourru parfois, a-t-on dit, et il l'avouait, pour ne pas s'attirer la fâcheuse renommée d'être trop bon. Disons toute la vérité, qui n'a rien de blessant pour sa mémoire. On se trompa quelquefois à cet extérieur, à ces apparences, et l'on pouvait s'y tromper. On prit pour de la dureté ce qui n'était que de la bienveillance rentrée, pour une sorte de morosité tracassière l'embarras mal déguisé de sa conscience de juge et l'ennui qu'il éprouvait à tenir une balance quand il aurait mieux aimé, tout simplement, tendre la main. Mais il n'y eut jamais de mauvaise humeur ni même de sévérité chagrine dans ses notes d'inspection. Tel qui croyait, sur une impression, avoir à se plaindre de lui et qui redoutait sa visite ou son rapport, fut tout étonné d'apprendre ensuite qu'il aurait eu plutôt à le remercier.

Le témoin le plus naturel et le plus sûr des inspections et des jugements d'Eugène Manuel, le directeur de l'Enseignement secondaire, M. Rabier, lui a rendu pleine justice là-dessus dans le discours qu'il a prononcé lors de ses obsèques. « On redoutait les inspections de M. Manuel : on connaissait la sûreté de son goût, la finesse pénétrante de son jugement, son souci du devoir et du bien public. On savait avec quelle minutieuse exactitude il voulait être renseigné sur les méthodes et le zèle des maîtres, sur les progrès et les dispositions des élèves. Mais s'il ne lui était, ni permis, ni possible de n'être pas frappé, çà et là, de certaines lacunes et de faiblesses inévitables, il n'était pas un mérite, de quelque ordre qu'il fût, pas une vertu professionnelle, pas un talent, pas une espérance de talent, qui lui échappassent ou auxquels il demeurât insensible. »

Dans les séances du Comité des Inspecteurs généraux, il était, dit encore M. Rabier, « l'ami et le patron des humbles et des modestes ». Il défendait ses clients avec une douceur opiniâtre, disait d'eux, alors, tout le bien qu'il n'avait pas osé leur dire en face, comme pour se rattraper de ses silences par la plus cordiale et la plus chaude des interventions. Avait-il donné à quelqu'un une promesse ferme de récompense ou d'avancement? il ne l'oubliait pas, et il la tenait. Il n'y a qu'une chose que sa timidité ombrageuse ne pardonnait pas : c'est qu'on eût l'intrépidité — on l'avait parfois — de lui réciter, en plein visage, des vers de lui, donnés par hasard en leçon ou retrouvés par une mémoire heureuse à propos d'un devoir français. Il ne goûtait pas ce genre de bienvenue et ceux qui croyaient flatter ainsi son amour-propre ou s'insinuer dans ses bonnes grâces, s'apercevaient immédiatement qu'ils avaient surtout froissé sa délicatesse.

En sa qualité d'Inspecteur général, actif ou honoraire, Eugène Manuel présida souvent le concours d'agrégation pour l'enseignement secondaire des jeunes filles. Ses rapports qui subsistent, et qui sont, en cette matière, de précieux documents, diront mieux que nous dans quel esprit de finesse, de mesure et de prévoyance, il dirigeait ces épreuves et il exerçait son autorité. L'auteur de cette notice a eu, plusieurs fois, l'occasion de s'entretenir, à ce sujet, avec Eugène Manuel, d'éclairer un peu sa justice, comme c'est le droit et le devoir de tout professeur attaché à ses élèves, sans surexciter sa bienveillance, de profiter surtout de ses observations et de ses conseils. A cette tâche nouvelle, difficile et scrupuleuse entre toutes, puisque l'avenir d'autrui peut dépendre d'une appréciation qui ne doit être ni préconçue, ni étourdie, Eugène Manuel apportait une impartialité, un tact, une conscience que chacun, pendant ou après l'examen, était obligé de reconnaître. Il voyait tout, malgré sa myopie, qu'il ne fallait pas croire rêveuse ou inattentive, et il écoutait très bien, ce qui est si rare. Il ne se laissait pas prendre aux faux brillants ni aveugler par la poudre aux yeux ; il excellait à distinguer le mérite réel, à discerner les vocations véritables, et, là encore, la psychologie, le goût et l'expérience étaient le fond solide de ses jugements.

IV.

Mais c'est surtout en dehors de ses fonctions, quand on approchait de plus près l'homme lui-même, intime et ouvert, quand on allait le voir, appelé par lui, dans sa petite maison de Passy, rue Raynouard, dans son « ermitage », ou dans son dernier appartement de la rue Mignard, à son bureau, entouré de ses chers livres, que se révélait, que s'épanouissait, pour ainsi dire, sa vraie nature. L'homme, en lui, était excellent, droit et tendre, ingénu, expansif, joyeux, malgré un fond de mélancolie, malicieux même, quand une fois il avait pris confiance en son visiteur et qu'il se laissait aller. Il échappait alors à toute gêne, à toute inquiétude ; il se débarrassait de son masque d'emprunt, de sa fausse moue, de sa maussaderie légendaire, de son froncement de sourcils d'inspecteur général ; il n'était plus que l'hôte accueillant qui faisait à un ami la bonne surprise de tout son sourire.

Sa conversation était charmante. Il n'aimait pas trop à parler de lui, à dire *moi*, à se mettre en scène : il n'avait rien de la virtuosité, de la pantomime incomparable de Jules Simon, il n'avait pas non plus le même genre d'esprit : mais il avait vu, lui aussi, comme Jules Simon — et comme Ulysse — beaucoup d'hommes et beaucoup de choses dans des temps et dans des milieux différents. Il abondait en anecdotes qu'il contait sans méchanceté, en souvenirs qu'il déroulait sans malveillance et sans amertume. Il avait surtout réfléchi, en rêveur et en penseur, sur les devoirs, sur les joies et sur les tristesses de la vie, sur les problèmes religieux, politiques, sociaux, humains, qu'un professeur, aujourd'hui, a autant de liberté et peut-être plus de lumières que qui que ce soit pour agiter sérieusement et utilement. Il s'entretenait volontiers du rôle de notre Université dans la société moderne, de sa tâche d'éducatrice, de semeuse et de conseillère dans une démocratie comme la nôtre, inquiète, passionnée, mouvante, encore crédule, et qui a tant besoin d'hommes avertis et désintéressés pour la mettre, sinon pour la conduire, dans le bon chemin. Il revenait ensuite aux bonnes lettres, à l'art, à la musique, à la poésie. Fidèle au culte de sa jeunesse, de sa vieillesse, de toute sa vie, au commerce, qui ne trompe jamais, des douces muses, c'est encore à elles qu'il demandait, au lendemain surtout d'une convalescence, la joie, la consolation, et le goût de vivre.

V.

Après avoir parlé de l'universitaire et de l'homme même, venons maintenant à l'œuvre poétique d'Eugène Manuel. Elle a été consacrée par le temps, qui fait, seul, les choix véritables, elle ne baissera plus dans l'estime des gens de goût et de cœur, parce que le cœur et le goût y sont également satisfaits. Sans entrer ici dans des détails, purement littéraires, de critique et d'appréciation qui déborderaient le cadre ordinaire de nos notices, bornons-nous à indiquer, à esquisser brièvement les traits principaux de cette poésie, simple et morale, un ancien aurait dit tempérée, où le choix d'une forme pure, accompagne harmonieusement la délicatesse de l'âme et de la pensée.

Et d'abord, cette poésie est toute spontanée, presque involontaire. La véritable poésie, et la meilleure, n'est, du reste, pas autre chose : elle sort de l'âme, dont elle n'est qu'un épanchement, et elle coule au dehors comme un ruisseau suit sa pente dans une vallée. Née au foyer, où elle prend sa source, la poésie personnelle et intime d'Eugène Manuel demeura longtemps cachée, même à ses amis. La première inspiratrice en fut aussi la première et l'unique confidente : le poète n'écrivait que pour lui, dans son loisir et pour son plaisir. C'est l'heureuse indiscrétion d'un ami, l'éditeur de Vauvenargues, Gilbert, qui, un jour, trouva quelques-uns de ces vers manuscrits sur la table de travail du poète, demanda la permission de les lire, de les emporter, et les emporta jusqu'à la *Revue des Deux-Mondes*, où les premiers parurent en 1862.

De là, en 1866, le recueil des *Pages intimes*, bientôt couronné par l'Académie française. Une imagination sans fracas, mais fraîche et pure, sobrement et finement colorée, une sensibilité sans torrents et sans artifices, le don et le souci de l'expression, de l'image et du rythme, un mélange toujours heureux, quelquefois parfait, de tendresse, de grâce et de raison : telles sont les qualités que révéla Eugène Manuel, et qui le signalèrent tout de suite, avant même son laurier académique, à l'attention des poètes et des lettrés. Nos assemblées ne sont pas faites pour des lectures, ni ces nécrologies pour des extraits ; mais les titres et le charme des pièces les plus distinguées des *Pages intimes* sont présents à toutes les mémoires : *La Source*, qui en est la vraie préface et le meilleur symbole ; *Médaillons*, où le poète nous décrit lui-même son travail et son rêve ; *Histoire d'une Ame, Sommeil à Deux, Déménagement, Les trois Peuples, Le Berceau, Alma Mater*, où il y a une si belle définition des tâches et des espérances de notre Université, *A un Enfant, Le Versel, La Montagne*, etc.

Malgré le charme des *Pages intimes*, il y a peut-être dans les *Poèmes populaires* un souffle plus haut, une veine de poésie plus large et plus profonde, une originalité plus forte. Les *Pages intimes* nous avaient déjà fait entrevoir cette seconde manière du poète : elle se dégage ici, elle devient plus précise et plus accusée. Essayons de la définir brièvement.

Le poète est sorti de lui-même, de cet horizon tranquille du foyer, où il ne lui suffisait plus, où il se reprochait presque d'être heureux. Il a vu, il a écouté souffrir autour de lui, et le sentiment douloureux de la souffrance des autres a éveillé en lui cette insuffisance du bonheur égoïste, ce scrupule, ce remords délicat d'échapper soi-même à la peine et à la misère, qui sont la première forme de la pitié. Ce fils d'un médecin des pauvres s'est penché fraternellement vers ceux qui pleurent ; il a voulu être, à son tour, un médecin des âmes, un consolateur et un éducateur des humbles, un peintre attendri de ces douleurs ignorées ou de ces héroïsmes cachés, qui sont au fond de tant de pauvres vies. Ajoutons un autre trait, qu'Eugène Manuel, fondateur, dès 1860, de l'*Alliance israélite universelle*, aurait réclamé. Ce descendant d'une race persécutée, qu'une longue souffrance a peut-être plus habituée à la compassion, a trouvé dans sa foi et dans sa loi un ordre qui lui disait d'être doux et bon à son prochain, à ses semblables. Il a suivi, en même temps, l'instinct de sa nature généreuse, l'exemple paternel et les préceptes du Livre sacré où son enfance avait lu.

Eugène Manuel est vraiment le premier qui ait, sinon introduit, du moins acclimaté, chez nous, cette poésie familière et grave. D'autres s'y essayèrent après lui ou à côté de lui ; quelques-uns même, grâce à la mode, qui n'a pas toujours l'esprit critique, et à la réclame, qui ne l'a jamais, s'y sont fait une notoriété plus brillante ou mieux exploitée que la sienne. Mais cette peinture de genre et d'atelier, où l'émotion touche au procédé, presque à l'industrie, cette chromolithographie sentimentale, tantôt vaste et tantôt réduite, diffère autant de la poésie, simple, sobre et précise, d'Eugène Manuel, que l'artifice du naturel et la contrefaçon de la vérité. Son réalisme, à lui, n'a rien de brutal ni, d'autre part, rien d'adroit : il a horreur de la crudité, qui choque le goût, et des platitudes élégantes, qui ne contentent pas la délicatesse ; il reste toujours dans la décence et dans la mesure. Son coloris n'a rien de criard ni de violent. Son éloquence, qui part du cœur et ne veut qu'un petit nombre de mots, ne tourne jamais en déclamation. Sa sensibilité, profonde mais contenue, ne se noie pas dans les larmes : une larme venue de l'âme, en dit plus que toute cette eau qui sort des yeux, chez les faux poètes, et dans laquelle ils délaient leurs émotions. La poésie d'Eugène Manuel nous laisse toujours cette impression confiante de candeur, qui entraîne, seule, notre sympathie et notre adhésion.

Le poète se connaissait bien, se jugeait bien : il savait mieux que personne, sans crier ses ambitions et ses mérites, ce qu'il avait voulu faire, ce qu'il avait fait. Il écrivait, en octobre 1871, dans la préface de son nouveau livre, dont l'apparition avait été retardée par la guerre : « Nous admirons, autant que personne, cette grande poésie qu'on pourrait appeler désintéressée... Aujourd'hui, cependant, d'autres devoirs s'imposent aux poètes... La poésie doit, de plus en plus, dans ses peintures, être de son temps... Oui, la pauvreté, l'ignorance, le travail pénible, le vice dégradant, l'héroïsme obscur, toutes les inégalités, toutes les détresses, toutes les résignations, voilà le thème de cette poésie nouvelle. » Et, plus loin, à la dernière page : « C'est dans cette voie que nous avons essayé d'entrer. Nous avons cherché à saisir, dans les destinées des humbles et des petits, la poésie cachée... »

Publiés dans différentes *Revues* avant d'être réunis en volume, récités en divers lieux par de grands artistes, les *Poèmes populaires* d'Eugène Manuel, qu'on apprend, aujourd'hui, dans presque toutes les écoles, obtinrent auprès de la foule et auprès des lettrés un double succès : ils touchèrent le public et ils plurent aux délicats, à ceux, du moins, qui ne se rendent pas malheureux exprès, à force d'être trop difficiles ou trop renchéris. Alexandre Dumas fils (pour ne citer que lui parmi ceux dont les lettres nous ont été obligeamment communiquées), le grand dramaturge et moraliste, qui fut un des admirateurs les plus francs, un des amis et des correspondants les plus fidèles du poète, lui écrivait : « Je ferai apprendre vos vers à mes petits-fils, en leur recommandant bien de ne pas les mettre seulement dans leur mémoire, mais dans leur conscience. » Contentons-nous, après un pareil témoignage, d'énumérer quelques-unes des pièces principales du nouveau recueil : *La robe, La petite chanteuse, La place du pauvre, La mort du saltimbanque, Le premier sourire, La rixe, Le derviche, Le crime des servantes...* Cette liste, qui pourrait être plus longue, n'est ni un choix, ni un classement, mais un hommage du souvenir à des œuvres dont le genre et la date méritaient, croyons-nous, d'être rappelés.

Deux autres recueils : *En voyage,* carnet de touriste, croquis d'inspecteur général qui oublie, un moment, de donner des notes pour en prendre, qui s'évade d'une tournée dans une excursion et quitte des dossiers pour des tableaux ; *Pendant la guerre,* pièces de circonstance, inspirées par l'année terrible, dont il nous suffira de dire que la censure allemande les défendit et les défend encore en Alsace-Lorraine : voilà, avec les *Pages intimes* et les *Poèmes populaires,* les titres poétiques d'Eugène Manuel à notre juste et reconnaissante admiration.

Il essaya aussi du théâtre et il y réussit brillamment. Le 17 janvier 1870, « en pleine agitation politique », il donna, au Théâtre-Français, un drame en vers : *Les Ouvriers,* qui est resté et qui restera au répertoire. C'est la même inspiration que celle des *Poèmes populaires* : on dirait qu'une des pièces du recueil a pris corps, animée par l'action et articulée, en quelque sorte, par le dialogue. Le poète ne se contente plus de plaire et de toucher, il veut instruire; il entend qu'on sorte du théâtre, non seulement avec le souvenir d'un spectacle, mais avec le souci d'un problème. Alexandre Dumas lui écrivait, plus tard, à ce propos : « Je suis très heureux de notre communion d'idées. Ma conviction est que nous pouvons et devons servir à autre chose qu'à l'amusement du public, et que c'en est fini de la littérature et du théâtre qui concluent ou mariage d'Arthur avec Henriette ou à l'enlèvement de Mme X par M. Z. Sans rien enlever au théâtre de sa passion, de son intérêt, de sa gaîté, de son mouvement, on peut, je le crois, le faire servir aux solutions que la société demande à tout le monde, sans pouvoir les trouver toute seule. C'est donc avec un grand plaisir que j'ai vu le succès des *Ouvriers*, et je vous en aurais félicité, tout d'abord, si je n'avais craint de me poser en maître vis-à-vis d'un homme qui débutait si vaillamment. »

L'Absent, drame en un acte; *Pour les blessés*, scène dramatique, furent encore donnés par Eugène Manuel au Théâtre Français. Sa réputation était établie et solide, son œuvre faite... Il lui manqua, cependant, pour être heureux, — ou il crut que cela lui manquait, — une consécration suprême. Il aurait voulu, il aurait pu être de l'Académie française; il n'en fut pas. Il faillit en être un jour et il ne lui manqua qu'une voix pour être élu. Pourquoi taire les choses qui sont vraies? Eugène Manuel eut toujours pour lui la plupart des « grandes voix » (on ne parle ici que des voix éteintes) de l'Académie : Victor Hugo, Dumas fils, Renan, Augier, Nisard, Pailleron, Leconte de Lisle, le duc d'Aumale, mais il avait contre lui des inimitiés et quelquefois des trahisons. On lui reprochait sa race, ses fonctions, ses idées et ses amitiés politiques. Parmi les électeurs, les uns étaient trop bons catholiques pour lui pardonner d'être israélite, ou trop peu républicains pour oublier qu'il avait été chef de cabinet de Jules Simon, alors que d'autres ne s'en souvenaient pas assez. Nous avons eu sous les yeux une liasse de lettres, — et nous aurions pu y faire de curieux emprunts, — dont les unes étaient pleines des promesses et les autres des condoléances les plus flatteuses. Un ami écrivait au poète : « Mon cher ami, je vais causer avec ces messieurs. » Et il finissait par cet avertissement: « Défiez-vous des vaines paroles. » Eugène Manuel ne s'en défiait pas assez. Autant son ambition était légitime, autant sa déception fut douloureuse et, à notre avis, exagérée. S'il n'a pas été un des Quarante, il a été un écrivain français. Le titre d'académicien est glorieux, mais temporaire, et, pour quelques-uns, très provisoire : il dure visiblement un jour, celui de leur réception, pas beaucoup plus. La postérité, qui est roturière, demande d'autres titres pour un fauteuil que pour un tabouret : elle distribue les sièges à son choix dans une autre académie, plus idéale et encore plus littéraire, dont la porte ne reste fermée qu'à ceux qui ne méritent pas d'entrer.

VI.

Beaucoup moins connue que ses poésies, parce qu'il faut la chercher et la recueillir un peu partout, jusque dans notre Annuaire, l'œuvre en prose d'Eugène Manuel serait digne aussi de notre attention. Il faudrait y faire un choix, qui sera fait, du reste, probablement, mais nous y verrions d'autres formes de son travail ou de son loisir et d'autres aspects de sa pensée. Articles pédagogiques, littéraires et moraux, dans les journaux, dans les revues, dans les dictionnaires ; préfaces, notices, discours, celui par exemple pour l'inauguration de la statue de Joséphin Soulary, qui lui non plus ne fut pas académicien; rapports ou études universitaires de toute nature : on trouverait là aisément la matière d'un volume qui ne serait ni sans intérêt, ni sans profit, pour un public spécial peut-être, mais sérieux.

Ce qu'il ne faut pas oublier de dire c'est que, à un moment où de pareils ouvrages étaient nouveaux et rares, en collaboration avec son beau-frère, Lévi Alvarès, il publia sur la France un livre de lecture courante qui avait pour but de donner aux enfants des écoles la connaissance et l'amour de leur pays, de leur temps, du monde qui les environne et où ils sont appelés à vivre. Ç'a été chez nous un des premiers essais et un des meilleurs modèles de leçons de choses.

Nous avons dit plus haut qu'il avait été un des fondateurs de l'Alliance israélite universelle. Le grand rabbin de France, M. Zadoc Kahn, l'a rappelé en ces termes sur la tombe d'Eugène Manuel « Dès 1860, on le vit, de concert avec quelques amis, animés comme lui d'une sainte ardeur pour le bien, poussés par l'idée d'un grand devoir à accomplir, jeter les fondements de l'Alliance israélite universelle, de cette association de solidarité fraternelle qu'attendaient de si brillantes destinées et que la France, le pays des propagandes généreuses, méritait de voir naître sur son sol béni ; car le programme de l'Alliance ne tient-il pas tout entier dans ces quelques mots : prendre en main, partout où cela est nécessaire, la cause de frères malheureux, souffrant pour leur foi, relever, au moyen de l'instruction et du travail, des populations réduites par la faute des circonstances ou des hommes à végéter dans l'ignorance et la misère? »

A Passy, dans son cher quartier, il avait été l'un des créateurs principaux de la *Société historique d'Auteuil et de Passy*, avant d'en devenir le président, comme l'avaient été MM. Paul Meyer et Anatole France. C'est cette Société reconnaissante qui a fait poser récemment une plaque commémorative sur la maison où est mort le poète, et notre Université, déjà représentée officiellement à ses obsèques, l'a été de nouveau à cette cérémonie.

Le nom et l'œuvre d'Eugène Manuel sont assurés de ne pas périr et de durer autrement que dans le souvenir de ses amis. Notre camarade M. Rabier avait le droit de dire de lui dans son oraison funèbre : « On ne séparera jamais chez Manuel ni l'éducateur du poète, ni le poète de l'homme et du citoyen. » C'est à ce titre que notre Université qui, même dans les discordes civiles, a toujours gardé intacts son indépendance, sa franchise et son honneur, doit à Eugène Manuel, homme droit, bon et juste, et, quand il le fallait, courageux, l'hommage unanime de son respect. Puisque nous travaillons tous, quoi qu'on dise, chacun à son rang, avec sa foi et sa conscience propres, à l'instruction et à l'éducation nationales, il nous faut conserver, honorer et, à l'occasion, défendre la mémoire de ceux qui ont vécu avant nous comme nous tenons toujours à vivre.

Henri CHANTAVOINE.

VERSAILLES. — IMPRIMERIES CERF, 59, RUE DUPLESSIS.